銀髮川柳5

比起包容力，我更需要憋尿力

シルバー川柳8　書き込んだ予定はすべて診察日

統籌者 / 日本公益社團法人全國自費老人之家協會
編者 / POPLAR社　繪者 / 古谷充子

suncolor 三采文化

銀色／銀髮族

【シルバー（silver）】

人生百歲時代篇

預計大約三十年後，日本的百歲以上人口將突破七十萬人。根據「百歲時代生活實驗室」於二〇一八年的調查，六十多歲的族群對於「持續工作」、「與重要的人共度時光」、「挑戰興趣與夢想」、「持續學習」等主題，感受到的期待皆大於不安。與之相較，四十歲以下的世代對以上主題感到不安的比例較高，從中我們也可以看見，樂齡族對未來是比較積極樂觀的。

早上起床
精神真不錯
來去看看醫生吧

小坂安雄／男性／埼玉縣／七十七歲／無業

追問孫子「IG限動」是什麼新口味的丼？

石井丈夫／男性／滋賀縣／八十三歲／無業

吃飯時
我和家裡的貓
用的是同款的碗

角森玲子／女性／島根縣／五十歲／自雇者

這首我不會呀
KTV的懷舊金曲
都還太新了

宮內宏高／男性／千葉縣／六十五歲／無業

從賓士車上下來
轉乘到
我的輪椅上

井堀雅子／女性／奈良縣／六十五歲／無業

只有Siri
不管我問多少遍
都不會生氣

小栗洋介／男性／東京都／三十二歲／社工師

如果活上百歲
存款一定比我
先一步再見

川野誠／男性／大分縣／四十六歲／醫院工作人員

步伐變小後
計步器上的數字
默默增加了

中川曙美／女性／新潟縣／七十七歲／無業

詐騙集團打來問

「家裡男主人在嗎？」

「中元過完回去了！」

川野竹子／女性／群馬縣／七十三歲／家庭主婦

「你想活出
怎樣的人生呢？」
被孩子這麼問了

和沙樂／女性／長野縣／五十二歲／上班族

曾經是無神論者
現在卻什麼事都
託付給神明

見邊千春／男性／東京都／七十二歲／上班族

「感情真好哇！」

不是的

老公只是我的枴杖

佐佐木美知子／女性／埼玉縣／六十七歲／無業

照護中心來接人
「我們來接您走了」
真晦氣拜託住嘴

相野正／男性／大阪府／六十八歲／無業

居家清潔員還沒到
趕緊先把家裡
收拾一下

馬鞭草／女性／熊本縣／八十二歲／無業

真是太好吃了！
剛才吃了什麼？
已經忘記了

愛莉絲／女性／三重縣／五十二歲／社福機構職員

「我不要了啦」
光是做檢查
我就開始不舒服

勝子／女性／山形縣／八十五歲／無業

站著穿鞋襪
根本是
E級高難度動作

近藤真里子／女性／東京都／五十六歲／兼職

老婆嘆氣說
怎麼只剩她的老伴
還活著

長谷川明美／女性／東京都／五十八歲／家庭主婦

年過古稀後
就可以在鏡子裡
看到媽媽了

佐佐木綾子／女性／大阪府／七十六歲／家庭主婦

血壓的數字
必須量到
自己滿意為止

春瑠／女性／東京都／六十九歲／家庭主婦

日曆上寫下的
重要日子
全部都是看診日

佐佐木紀子／女性／千葉縣／四十五歲／兼職

假裝在收拾
其實只是在
找東西

櫻田睦子／女性／靜岡縣／六十九歲／家庭主婦

哄孫子睡覺
爺爺自己卻
先睡著

岩中幹夫／男性／岡山縣／四十一歲／公務員

いっす

一整天
三分之二的時間
都在夢裡度過

伊藤雅子／女性／京都府／五十八歲／家庭主婦

這天還是來了
被全家人逼著
交出大權

畑和利／男性／北海道／五十二歲／自雇者

建商參觀日
以前看房子
現在看墓地

春瑠／女性／東京都／六十八歲／家庭主婦

比起家人
護理機器人的聲音
溫柔多了

坏芳雄／男性／茨城縣／六十七歲／自由業者

太太的字典裡
不存在
「察言觀色」這幾個字

小煌／男性／埼玉縣／七十歲／設計師

生日時收到了孫子送的臨終筆記

菅井一男／男性／京都府／六十八歲／無業

家裡浴室的使用順序
妻子總是優先
我永遠最後

鈴木富士夫／男性／埼玉縣／六十七歲／自雇者

「哎呀我真老糊塗了」
通常說這話的時候
風華正茂

永田壽道／男性／岡山縣／六十八歲／農業

就算年紀差上一輪
外貌也已經
看不出差別了呢

福西泰子／女性／大阪府／八十一歲／無業

孫子熬整晚準備考試
我則是
泡了整晚的假牙

島田正美／男性／埼玉縣／六十八歲／無業

防詐騙的口號
臨場又
記不住了

谷村弘子／女性／新潟縣／七十一歲／無業

今年一百零一歲
負責照顧的兒媳
八十歲

加瀨昭子／女性／靜岡縣／八十四歲／無業

狗狗坐一旁
耐心等待
奶奶掉出來的食物

吉田愛／女性／宮城縣／二十九歲／兼職

上健身房真累人
花一天運動
回家躺三天

櫻桃二〇一八／女性／廣島縣／五十八歲／家庭主婦

爺爺今天
也對著我說
「初次見面哪」

大城由美子／女性／沖繩縣／三十八歲／上班族

夜晚的街道
年輕在此逞兇鬥狠
現在看起來都糊糊的

中川潔／男性／福井縣／五十二歲／上班族

老人協會
就像多頭馬車
讓人進退兩難

寺石八重子／女性／高知縣／六十九歲／家庭主婦

雙方又見面了
誰都不敢先提
「請問您是哪位呀？」

伊豆的太太／女性／靜岡縣／四十四歲／兼職

反覆測三次
終於測出了
滿意的血壓值

工藤律夫／男性／北海道／六十六歲／無業

夫婦之旅
太太卻說
「我是來當志工的」

宮川孝志／男性／埼玉縣／七十六歲／無業

只聽過「喪失寵物症候群」
卻從沒聽過
「喪失老公症候群」

偷懶烏龍麵／男性／岡山縣／六十二歲／自雇者

還以為在吵架
原來只是兩個老人
站著聊天

川崎博／男性／靜岡縣／六十一歲／無業

比起包容力
我更需要鍛鍊
憋尿力

三郎／男性／千葉縣／六十七歲／無業

把老人斑和皺紋
連在一起
就成了獵戶座

市川洋子／女性／埼玉縣／四十八歲／上班族

一邊看著
愛犬的睡臉
一邊寫下遺書

里歐媽媽／女性／長野縣／五十二歲／護理師

不想聽的話
一律都裝作
耳背聽不見

日暮坂43／男性／大分縣／五十五歲／兼職

好累呀
明明什麼都沒做
還是好累呀

臼井康博／男性／東京都／八十三歲／無業

上個廁所
必須沿著走廊
一路「壁咚」過去

井川實／男性／東京都／七十九歲／無業

請不要隨便
抬我下巴
還說要讓我氣管暢通

小久美／女性／神奈川縣／六十歲／無業

每次回老家
牆上的備忘貼
都比上次更多一點

風鈴草／女性／神奈川縣／五十五歲／
兼職、家庭主婦

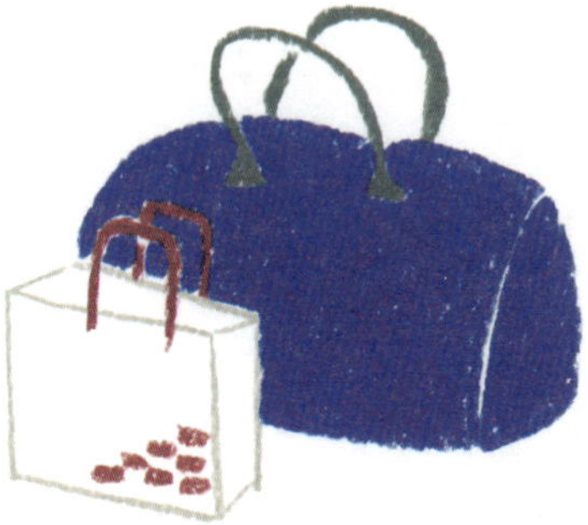

一早起來去遛狗
狗狗卻對我
連連打哈欠

滿川恒朗／男性／靜岡縣／五十六歲／警衛

老婆大人不在家
不知怎地
心情好了起來

黃昏今生／男性／愛知縣／六十八歲

YOUTUBE是什麼社團活動嗎？我向孫子請教

蝦夷太郎／男性／北海道／五十歲／上班族

我的紙尿褲上
怎麼會有圖案呢？
原來拿到孫子的

梅野／女性／東京都／四十五歲／上班族

幫貓貓取了初戀對象的名字

江村澄子／女性／東京都／九十五歲／無業

「糖尿病好像不能吃鰻魚」
太太一邊叨唸著
一邊把高級鰻魚全吃光

稻田悅夫／男性／千葉縣／六十六歲

數數日曆上的待辦事項
妻子可是
壓倒性贏過了我

水埜信行／男性／神奈川縣／七十七歲／無業

我還不能退位呀
畢竟還得
照顧孫子呢

北斗／女性／大阪府／四十九歲／家政人員

尋人廣播響起
有小朋友走丟了嗎？
竟然是老爸呀！

角森玲子／女性／島根縣／四十九歲／自雇者

又要玩數獨
又要完成著色畫
這個下午好忙呀

剛／男性／大阪府／二十九歲／上班族

不管在哪裡
都可以掏出看診卡
真像變魔術

猪又美惠子／女性／東京都／七十一歲／無業

孫子來問我作業
平時的腦力訓練
終於派上用場了

豐島真理子／女性／岩手縣／六十一歲／家庭主婦

店家標榜
他們家LED燈品質絕佳
用到客人過世都不會壞

紀李里／女性／大阪府／四十七歲／家庭主婦

吃牛排
得先切得碎碎的
再用筷子夾著吃

高木遊樂／男性／大分縣／六十九歲／無業

老太婆的開車技術
令人害怕到
腳都快抽筋

星野透／男性／埼玉縣／七十九歲／無業

在瑜伽墊上
擺出最拿手的姿勢
午睡一下

真田惠子／女性／岡山縣／六十三歲／家庭主婦

「老實交代，我不會怎樣」
妻子明明這麼說
聽完實話還是暴怒了

高原郁子／女性／埼玉縣／四十五歲／上班族

太太的字跡
現在怎麼看都
像是有毒

和田四郎／男性／東京都／七十三歲／無業

又聽了一遍
一字不差的
同一件往事

北川正治／男性／愛媛縣／七十九歲／無業

比起愛意
現在更在意的
是突然的尿意

啾助／女性／大阪府／四十三歲／家庭主婦

雖然是來拍遺照
手還是忍不住
比出了「耶」

平山絹江／女性／大阪府／六十七歲／家庭主婦

無論盛夏還是寒冬
耳朵裡面
總是會有蟬鳴聲

落合春雄／男性／靜岡縣／九十歲／農業

有了五個孫兒後
得繼續打工賺錢
才能維持爺爺的地位

阿吉／男性／東京都／七十六歲／兼職

比起妖魔鬼怪
我更害怕
失能在家請看護

竹內照美／女性／廣島縣／六十一歲／上班族

「請您多保重」
如此溫柔問候我的
是自助結帳機

長畑孝典／男性／大分縣／六十六歲／無業

刷牙變得
方便又快速
畢竟只剩三顆了

見邊千春／男性／東京都／七十歲／約聘職員

每次見媽媽
她都這樣問
「妳的名字是？」

加藤元美／女性／愛知縣／五十四歲／家庭主婦

失智的妻子
總是喚我
波奇*

小原光子／女性／鹿兒島縣／七十三歲／家庭主婦

*譯者按：「波奇」為現代日本常用的狗名。

每天睜開眼
都先確認一下
我在陰間還是陽間？

飯田昌久／男性／靜岡縣／六十歲／無業

每年壓歲錢
都和親家競賽
看誰給孫包得多

鄉廣／男性／奈良縣／六十八歲／自雇者

超市裡
擠滿了老人
原來是發年金的日子

堀・拓／男性／福島縣／四十四歲／自由業

大賣場外的停車場
我的車總是
像是被神隱

由美／女性／岐阜縣／六十六歲／家庭主婦

再婚前
先向對方說清楚
我有尿失禁的問題呦

伴鍊一／男性／栃木縣／七十五歲／無業

理髮師表示為難
「這該怎麼剪呢？」
畢竟都禿了

案浦虎章／男性／福岡縣／八十七歲／無業

老婆呀
我現在在找什麼
妳還記得嗎？

荒木貞一／男性／北海道／七十四歲／無業

結語

帶著好奇心記錄萬物，正是川柳的創作祕訣

感謝所有讀到最後的讀者。在廣大讀者「眞的就是這樣」、「太有感觸了」的好評與支持下，《銀髮川柳》才得以再度問世。

「銀髮川柳」是由公益社團法人全國自費老人之家協會主辦，自二〇〇一年開始，每年舉辦的川柳作品公開徵集活動。該活動的目的，是鼓勵人們透過寫川柳這項休閒活動，來享受、擁抱老化的過程，並以積極的態度看待人生。截至二〇一八年爲止，來自日本全國各地的投稿詩歌已經超過十八萬首。

本書共收錄八十八首川柳，其中二十首，是從二〇一八年夏天第十八屆比賽中選出的作品。該年投稿總數爲七千八百七十二份，其中男性占五四%，女性則占四六%，申請者的平均年齡爲六十九．二歲，比往年都更加年輕。此外，最年長的來稿者，是一位一百零五歲的婦人，最年輕的投稿者則是一名五歲的女孩，體現出各個年齡層的人都能

夠自在嘗試創作川柳。

該年的主題與往年一樣，包括遺忘事情的日常、計畫身後事的故事、夫妻之間微妙的權力關係，以及與孫輩的溫馨互動等。這些作品都以貼近生活的題材，帶著獨特的幽默，並且能夠引發「我也是這樣」的共鳴。不少讀者在讀完後也表示：「讀著讀著，自己也想來寫寫川柳了。」

該年度的入圍作品包括「照護中心來接人／『我們來接您走了』／眞晦氣拜託住嘴」（男性，六十八歲）、「吃飯時／我和家裡的貓／用的是同款的碗」（女性，五十歲）等描述日常生活的常見主題作品，也有像是「追問孫子／『ＩＧ限動』／是什麼新口味的丼？」（男性，八十三歲）、「只有Ｓｉｒｉ／不管我問多少遍／都不會生氣」（男性，三十二歲）等帶有流行話題的創作，顯示出川柳的各種面貌。每一首作品都充滿了敏銳的觀察力和深沉的情感，讓人與之共鳴。保持旺盛的好奇心，並記錄下所有的感受，也許正是創作川柳的祕訣。

如同本書開頭所提到的，隨著「人生百歲時代」來臨，日本已進入超高齡社會。《銀髮川柳》以幽默的方式描繪人們的日常生活與社會現象。儘管有時現實不免嚴峻，我們仍希望大家不要忘記帶著笑容面對每一天！同時誠摯祝福，每個人能夠以健康、心靈富足的方式，度過接下來的人生。希望讓大家透過川柳可以感受到，我們都並非孤單一人。如果這本書能對大家有所幫助，將會是我們的無上喜悅。

最後，我們想藉本書發行之際，對那些欣然同意將自己作品收錄進書中的作者們，表示衷心的感謝。

日本公益社團法人全國自費老人之家協會

POPLAR社編輯部

本書內容，是由全國自費老人之家協會主辦的「銀髮川柳」活動的入圍作品和投稿作品收錄而來。

其中包括：第十八屆入圍作品，以及第十七屆投稿的優秀作品。

- 入圍作品部分，是由全國自費老人之家協會選出；投稿優秀作品則是POPLAR社編輯部精選收錄。
- 其中作者的姓名／筆名、年齡、職業、地址等資訊，均按投稿時的資訊為準。

統籌者介紹：

日本公益社團法人全國自費老人之家協會

成立於一九八二年，旨在照顧自費養老院的使用者，並促進長照、養老領域的健全發展。該協會的運營範圍相當廣，包括入住諮詢、業者經營支援、入住者基金管理、員工培訓等多個方面，並獲得日本厚生勞動省的認可。

「銀髮川柳」為該協會主辦，自二〇〇一年起每年舉辦的短詩徵集活動。只要是與高齡化社會、高齡者的日常生活相關，題材、申請資格皆無任何限制。為反映日本步入超高齡社會，並為銀髮世代發聲的獨特活動。

國家圖書館出版品預行編目資料

銀髮川柳 5：比起包容力，我更需要憋尿力 / 日本公益社團法人全國自費老人之家協會編，古谷充子繪；洪安如譯
. -- 臺北市：三采文化股份有限公司，2025.05
面；　公分 . -- (Mind map；291)
ISBN 978-626-358-638-3(平裝)

861.51　　114002014

suncolor 三采文化

Mind Map 291

銀髮川柳 5：

比起包容力，我更需要憋尿力

統籌者｜日本公益社團法人全國自費老人之家協會
編者｜ POPLAR 社　譯者｜洪安如　繪者｜古谷充子
編輯三部副總編輯｜喬郁珊　責任編輯｜楊皓　版權選書｜劉契妙
美術主編｜藍秀婷　封面設計｜莊馥如　內頁編排｜鄧荃
行銷協理｜張育珊　行銷企劃｜陳穎姿

發行人｜張輝明　總編輯長｜曾雅青　發行所｜三采文化股份有限公司
地址｜台北市內湖區瑞光路 513 巷 33 號 8 樓
傳訊｜TEL: (02) 8797-1234　FAX: (02) 8797-1688　網址｜www.suncolor.com.tw
郵政劃撥｜帳號：14319060　戶名：三采文化股份有限公司
本版發行｜2025 年 5 月 2 日　定價｜NT$250

編註：川柳由日文翻譯為中文後，為精準呈現出句意中的詼諧幽默，並未拘泥於「5、7、5」字數格式。